de Vida

INTERNET

TEXTO: JENNIFER MOORE-MALLINOS
ILUSTRACIONES: GUSTAVO MAZALI

edebé

2

¡LOS ORDENADORES ESTÁN POR TODAS PARTES!

Hoy en día, parece que haya ordenadores por todos lados: en la escuela, en la biblioteca, en la consulta del médico e incluso en algunas cafeterías del centro. Y casi todo el mundo que conozco tiene uno en casa. ¡Incluso algunas personas utilizan teléfonos móviles que funcionan como ordenadores! Pero, como el resto de cosas en el mundo, los ordenadores vienen con un montón de reglas, especialmente para nosotros, los niños.

NORMAS, NORMAS, NORMAS

Hay reglas sobre con quién hablar por el chat y qué se le puede decir. Además, antes de visitar una página web, siempre tienes que informar a tus padres (o al profesor si estás en la escuela). Si eso no fuera suficiente, también debes darles tus contraseñas. Parece casi como si los mayores no confiaran en nosotros. Y estas son solo algunas de las normas.

¿A QUÉ TANTO PROBLEMA?

Hace una semana, yo era una de esas niñas que pensaba
que las reglas eran una auténtica pérdida de tiempo y
que no importaba si se quebrantaban de tanto en tanto,
especialmente en lo que se refería al ordenador. No entendía
por qué no podía hablar con un desconocido por internet.
Se suponía que estaba a salvo en mi casa detrás
de la pantalla, ¿no? ¿Qué era lo peor
que podía ocurrir?

ESTOY A SALVO, ¿VERDAD?

Es cierto, hablar con desconocidos por el ordenador
no parecía entrañar ningún peligro. No me veían,
no sabían dónde vivía o cuál era mi verdadero
nombre. Estaba perfectamente a salvo. O, al menos,
eso pensaba yo.

ESTÁBAMOS ABURRIDAS

Todo empezó cuando mi amiga Alicia se quedó
a dormir una noche en casa. Se había hecho tarde,
y mamá y papá ya estaban acostados. Alicia y yo
intentamos dormir, pero no estábamos cansadas.
Pensé que, tal vez, si jugábamos un rato al ordenador,
nos cansaríamos y nos vendría el sueño. No creía
que a mamá y a papá les importara, puesto que nunca
ponían inconveniente con estos juegos.

PENSABA QUE NO HABRÍA PROBLEMAS

Tras jugar unas cuantas partidas, Alicia me pidió
el ordenador para enseñarme una cosa muy guay
que había encontrado: una sala de chat.
Me explicó que muchos de los chicos de la escuela
se conectaban a estas salas para hablar entre ellos
y con otros chicos y chicas de todo el mundo.
Sabía que no se me permitía entrar en este tipo
de sitios sin preguntar antes a mis padres,
pero no quería despertarlos. Pensé que,
por una vez, no tendría mucha importancia.

¡UN MUNDO COMPLETAMENTE NUEVO!

¡Alicia tenía razón! ¡Era muy guay! Conversamos con niños y niñas de todo el mundo e incluso con algunos chicos que conocíamos de la escuela. No podía creer lo fácil que resultaba y, como llevábamos cuidado en no dar ninguna información de dónde estábamos o vivíamos, pensaba que no era peligroso. ¡Era un mundo completamente nuevo!

¡LOS ORDENADORES HACEN QUE TODO SEA MÁS FÁCIL!

El chat era divertido y no podía parar de pensar en ello. E incluso aunque se suponía que no debía, me conecté a la página unas cuantas veces más y conocí a un chico que parecía tener muchas cosas en común conmigo. Daba la sensación de que él también quería conocerme mejor porque no paraba de hacerme preguntas. Normalmente, no hablo mucho con chicos, pero, por alguna razón desconocida, con el ordenador era mucho más fácil.

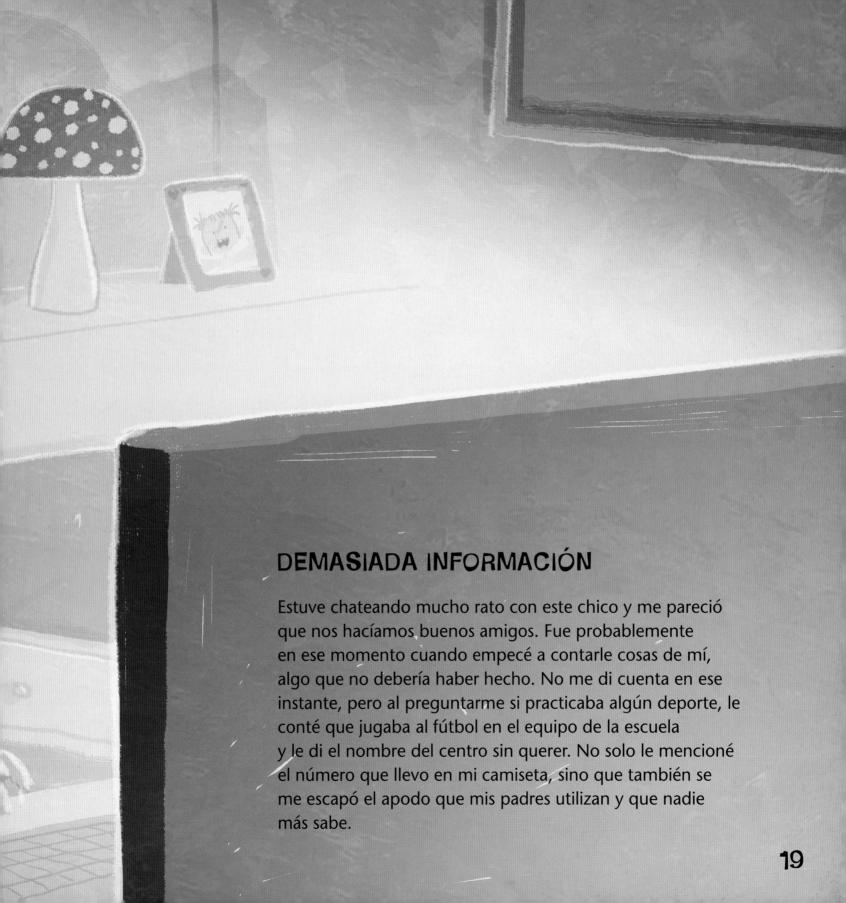

DEMASIADA INFORMACIÓN

Estuve chateando mucho rato con este chico y me pareció
que nos hacíamos buenos amigos. Fue probablemente
en ese momento cuando empecé a contarle cosas de mí,
algo que no debería haber hecho. No me di cuenta en ese
instante, pero al preguntarme si practicaba algún deporte, le
conté que jugaba al fútbol en el equipo de la escuela
y le di el nombre del centro sin querer. No solo le mencioné
el número que llevo en mi camiseta, sino que también se
me escapó el apodo que mis padres utilizan y que nadie
más sabe.

UN EXTRAÑO EN EL CAMPO

No fue hasta mi próximo partido de fútbol cuando me di cuenta de que algo no iba bien. Durante el partido, me pareció oír una voz masculina gritando mi apodo. Cuando levanté la vista para ver quién era, vi a un hombre alto con una gorra con visera que me sonreía. De repente, se me hizo un nudo en el estómago y no me sentí bien. ¡Estaba muy asustada!

¡HORA DE CONFESAR!

Cuando el partido terminó, me fui directa hacia mis padres, que todavía estaban sentados en las gradas, y empecé a llorar. Les expliqué lo del chat y que la persona con la que hablé no era un chico como pensaba yo, sino un hombre mayor. Estaba muy asustada, y más cuando el hombre empezó a caminar hacia donde estábamos nosotros.

¡POR ESTA VEZ TUVE SUERTE!

Al final resultó que el hombre era un agente de policía. Se encargaba de enseñar seguridad en internet a los chicos y, a algunos como yo, incluso nos muestra lo fácil que es proporcionar información personal sin darnos cuenta de que lo estamos haciendo.

24

25

LECCIÓN APRENDIDA

El agente Martín me explicó qué hubiera podido pasar si hubiese sido otra persona (y no él) mi interlocutor en el chat. Me dijo que, gracias a los ordenadores, algunos individuos engañan más fácilmente a los niños y les hacen creer que son otra persona; incluso algunos les hacen creer que hablan con otro niño cuando en realidad están hablando con un adulto.

MANTENTE A SALVO

Alicia y yo seguimos jugando
al ordenador y todavía pensamos
que los ordenadores son
estupendos. Sin embargo, ahora
sabemos que no todas las reglas
son una pérdida de tiempo y
que las del ordenador están ahí
por una razón: para ayudarnos
a mantenernos sanas y salvas.

GUÍA PARA

¡Los ordenadores están por todos lados! De hecho, existen pocos lugares a los que vamos en los que no encontremos un ordenador. Ya sea en el trabajo, en casa, en la cafetería o en la biblioteca, dependemos de los ordenadores a diario.

¡Gente de todas las edades utiliza y confía en los ordenadores! Nuestro mundo se ha obsesionado con tener todo lo que necesitamos al alcance de la mano en solo unos segundos.

Nadie puede negar los muchos beneficios que la tecnología y los ordenadores han proporcionado a las personas, tanto adultos como niños, a los negocios y a los gobiernos. Sin embargo, al igual que otros muchos grandes inventos, su uso también acarrea una responsabilidad que no solo recae en el usuario que se conecta, sino también en los progenitores.

Tanto si utilizamos el ordenador para recabar información sobre un tema en concreto, para buscar cómo llegar a una dirección, para comunicarnos con la familia y amigos por mensajería instantánea o correo electrónico o para acceder a un servicio específico (como puede ser el parte meteorológico o una agencia de venta de billetes de avión), internet es rápido, fácil y nos abre las puertas de un nuevo mundo. A nosotros y a nuestros hijos.

Tal vez una de las preocupaciones principales de los padres en lo que se refiere al uso que sus hijos realizan de internet es que, una vez el niño se ha conectado, tiene virtualmente acceso a todo. Al no existir restricciones sobre quién o qué se puede publicar en internet, existen muchas probabilidades de que los usuarios acaben tropezando con contenidos ofensivos o inapropiados. Es por esta razón que el enseñarles prácticas seguras en la red se encuentra dentro de nuestras responsabilidades.

Por lo tanto, el objetivo de este libro es mostrar a los niños y recordar a los padres los muchos peligros que internet puede albergar para nuestros hijos. Al utilizar las autopistas de la red, los niños pueden convertirse en el blanco de investigaciones, de crímenes y acoso, y pueden resultar expuestos a material poco recomendable y a menudo perturbador. No obstante, con nuestra supervisión, control y algunas reglas básicas para el usuario estaremos mejor preparados para garantizar la seguridad infantil y ganar cierto sentido de control.

LOS PADRES

Existen muchas maneras para que padres e hijos estén tranquilos mientras navegan por la red. Por ejemplo, hay programas específicos que, al instalarse en el ordenador, bloquean el acceso a algún material poco apropiado para el niño o niña. Aunque resulta fácil encontrar este tipo de aplicaciones y la mayoría de ordenadores caseros ya las utilizan, la supervisión de un adulto es siempre necesaria.

Lamentablemente, nuestros hijos pueden utilizar otros ordenadores, por lo que no tendría sentido pensar que su acceso va a estar supervisado el cien por cien del tiempo. Es por este motivo por el que tenemos que proporcionarles unas directrices y animarlos a asumir un rol activo y responsable en lo que se refiere a su uso de internet.

Algunas reglas básicas para conseguir un uso seguro de la red son:

- Pide siempre permiso a tus padres antes de conectarte.
- Nunca desveles información y datos personales.
- Nunca envíes fotografías o quedes con alguien que has conocido en línea para veros en persona.
- Nunca contestes mensajes que te hagan sentir incómodo y comunícalo a un adulto inmediatamente.
- Nunca desveles tus contraseñas, excepto a tus padres.
- Antes de conectarte, verifica con tus padres qué sitios puedes visitar.
- No realices descargas de archivos que tus padres no hubiesen autorizado.
- Acordad un máximo razonable de «tiempo de ordenador» cada vez que lo utilices.
- Recuerda que no todo lo que lees en línea es cierto.
- Si algo extraño aparece en tu pantalla o crees que algo no funciona como es debido, comunícalo a tus padres inmediatamente.
- Recuerda que el uso de internet es un privilegio y que, por lo tanto, necesitamos ejercerlo con responsabilidad.

Nuestra responsabilidad es garantizar la seguridad de nuestros niños, tanto en la vida digital como en la real. Un enfoque proactivo y saber reconocer los peligros potenciales que habitan el mundo en línea no solo ayudará a minimizar los riesgos para nuestros hijos, sino que también garantizará que su experiencia en la red ¡sea mucho más positiva y productiva!

Internet

Texto: Jennifer Moore-Mallinos

Ilustraciones: Gustavo Mazali

Diseño y maquetación: Gemser Publications, SL

© de la edición: EDEBÉ 2015

Paseo de San Juan Bosco, 62 - 08017 Barcelona

www.edebe.com

ISBN: 978-84-683-1552-2

Depósito Legal: B. 20246-2014

Impreso en China - 1.ª edición, febrero 2015

Atención al cliente: 902 44 44 41 - contacta@edebe.net